講談社文庫

あらしのよるにⅠ

きむらゆういち｜あべ弘士　絵

講談社

目次

あらしのよるに　I

あらしのよるに

ごうごうと叩きつけてきた。
それは『雨』というより、襲いかかる水の粒たちだ。
荒れ狂った夜の嵐は、その粒たちを、ちっぽけなヤギの体に、
右から左から、力まかせにぶつけてくる。
白いヤギは、やっとの思いで丘をすべりおり、こわれかけた小さな小屋に
もぐり込んだ。

暗闇の中で、ヤギは体を休め、じっと、嵐の止むのを待つ。

ガタン！

誰かが小屋の中に入ってくる。
ハアハアという息づかい。
何者だろう？
ヤギはじっと身をひそめ、耳をそばだてた。

コツン、ズズ。
コツン、ズズー。
一歩一歩、固いものが床を叩いてやってくる。
ひづめの音だ。
なあんだ、それならヤギに違いない。
ヤギはほっとして、そいつに声をかけた。
「すごい嵐ですね」

「え？　おや、こいつは失礼、ハアハア、しやした。真っ暗で、ちっとも、ハアハア、気がつきやせんで」

相手はちょっと驚いて、荒い息で答える。

「わたしも、今飛び込んで来たところですよ。しかし、こんなにひどくなるとはね」

「まったく。……おかげで脚はくじくし、
おいらはもう散々ですよ。ふう〜」
相手は、やっと大きくため息をつき、
杖にしていた棒切れを床に置く。
ということは……。

そう、その杖をついてやって来た黒い影は、
ヤギではなく、オオカミだったのだ。
特に、このオオカミ、するどい牙を持ち、
ヤギの肉が大好物ときている。
「あなたが来てくれて、ほっとしましたよ」

ヤギのほうは、相手がオオカミだとは、
まだ気がつかない。
「そりゃあ、おいらだって、嵐の夜に、
こんな小屋にひとりぼっちじゃ、
心細くなっちまいやすよ」
どうやらオオカミのほうも、
相手がヤギだとは気づいていない。

「よっこらしょ。うっ……、いてててて」

「どうしました」

「いやあ、ここに来るとき、ちょっと、脚をね」

「そりゃあ、大変。ほら、こっちに脚を伸ばしてくださいよ」

「お、それじゃ、ちょっくら失礼して、よいしょっと」

オオカミが伸ばした脚が、チョンとヤギの腰に当たる。

ヤギは、

『あら？　ひづめにしては、ずいぶんやわらかいな』

と思ったが、きっと今当たったのは膝なんだと思い込む。

「ハ、ハ、ハ、ハックチュン！」

突然、オオカミが大きなくしゃみをした。

「だいじょうぶですか？」

「うっ……、どうやら鼻風邪をひいちまったらしい」

「わたしもですよ。おかげで、全然においがわからないんです」

「エヘヘ、今わかるのは、お互い声だけってわけっすよね」

「ハハハ、本当ですね」

オオカミの笑い声を聞いて、ヤギは思わず、
『オオカミみたいなすごみのある低いお声で』
と言いかけたが、失礼だと思い、口を閉じる。
オオカミのほうも、
『まるでヤギみたいに甲高い笑い方でやんすね』
って言おうとしたが、そんなことを言ったら
相手が気を悪くすると思い、やめることにする。

風のうなり声と、小屋に叩きつける雨の粒が、かわりばんこに響きわたる。

「どちらにお住まいで」

「へえ、おいらは、バクバク谷のほうでやす」

「ええ!?　バクバク谷ですって？　あっちのほうは危なくないですか？」

「へえ〜、そうでやんすか？　ま、ちょっと険しいけれど、住み心地はいいでやんすよ」

バクバク谷とは、オオカミたちのいる谷である。

「ふーん、度胸があるんですね。
わたしはサワサワ山のほうですよ」
「おーっ、そいつはうらやましい。そっちのほうは、
うまい食い物が、たくさんあるじゃないすか」
うまい食い物とは、ヤギのことである。
「まあ、ふつうですよ、ハハハ」
その時、二匹のお腹が同時に鳴る。

ぐう〜。

「そういえば、腹が減りやしたね」

「ほんとに。わたしもぺこぺこですよ」

「ああ、こんなとき、うまい餌が近くにあったらなあ」

「わかります、わかります。わたしも今、おんなじことを思ってたんです」

「そういえば、おいら、よくサワサワ山のふもとにあるフカフカ谷のあたりに、餌を食べに行きやすよ」

「おや、偶然。わたしもですよ」

「あそこの餌は、特別うまいんすよねえ」

「ええ、においもいいし」

「やわらかいのに歯ごたえもいいっすから」

「毎日食べても飽きないくらいですよね」

「ほんと、一度食ったら病みつきになっちまいやす」

「うーん、その言い方、ぴったりですよね」

「ああ、思い出しただけでたまらねえ。

よだれが出そう」

「ああ、思いっきり食べたい」

そこで二匹は同時に、

「あの、おいしい……」

『草』とヤギが言い、

『肉』とオオカミが言った。

けれども、ガラガラと遠くで鳴った雷に、
ちょうどその声はかき消された。

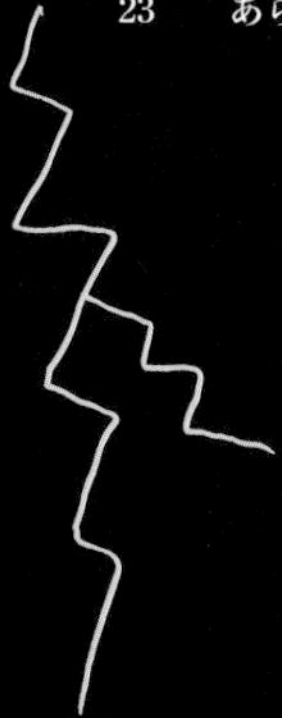

「そういえば、おいら、子どもの頃は
やせっぽちでね。今じゃあ特別大食らいだけど、
あの頃はよくおふくろから言われたもんすよ。
『もっと食え、もっと食え』ってね」
「あら、わたしもですよ。
『そんなんじゃ、いざという時に、早く走れないでしょ。
早く走れないと、生き残れないわ』って、
食事のたびに母親にね」

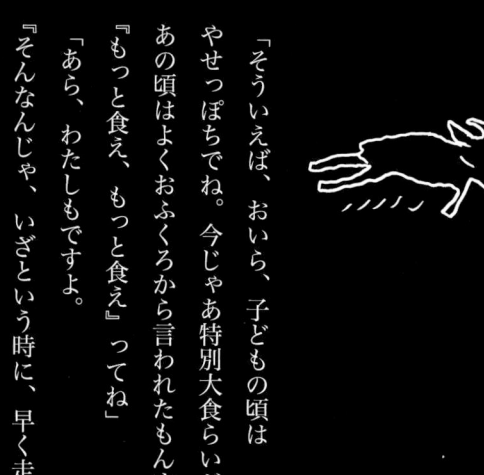

「そうそう、おいらのうちも、同じ言い方っすよ。

『早く走れないと生き残れないわよ』って」

「ハハハ、わたしたち、ほんとによく似てますねえ」

「へへへ、ほんと、真っ暗でお互いの顔も見えないっすけど、
実は顔まで似てたりして」

ピカッ！

その時、すぐ近くで稲妻が光り、
小屋の中が昼間のように映し出された。

「あっ、わたし今、うっかり下を向いてましたけど、今、わたしの顔、見えたでしょ。似てましたあ？」

「……それが、まぶしくて、おいら思わず目ぇつぶっちまって」

「ま、もうすぐ夜が明ければわかることですよ」

ガラガラガラ〜！

突然、大きな雷の音が、小屋中を震わせる。

「ひゃあ！」

思わず二匹は、しっかりと体を寄せ合ってしまう。

「あっ、失礼。どうもわたし、この音に弱くて」

「ふうー、おいらもなんですよう。ハアー、びっくりしやしたね」

「なんか、わたしたちって、似てると思いません？」

「いよっ、実はおいらも今、気が合うなあ〜って」

「そうだ。どうです、今度天気のいい日にお食事でも」

「いいっすねえ。ひどい嵐で最悪の夜だと思ってたんすけど、いい友達に出会って、こいつは最高の夜かもしんねえす」

「おや、もうすっかり嵐も止みましたねえ」

「おっ、ほんとだ」

雲の切れ間にほんのわずかだが、星すら出てきた。

「それじゃ、とりあえず、明日のお昼なんてどうです？」

「いいっすよ。嵐の後は特にいい天気って言いやすからね」

「会う場所は、どうします？」

「うーん。じゃ、この小屋の前では？」

「決まり。でも、お互いの顔がわからなかったりして」

「じゃ、念のため、おいらが
『嵐の夜に友達になったものです』って言いやすよ」

「ハハハ、『あらしのよるに』だけでわかりますよ」

「じゃあ、おいらたちの合い言葉は、
『あらしのよるに』ってことっすね」

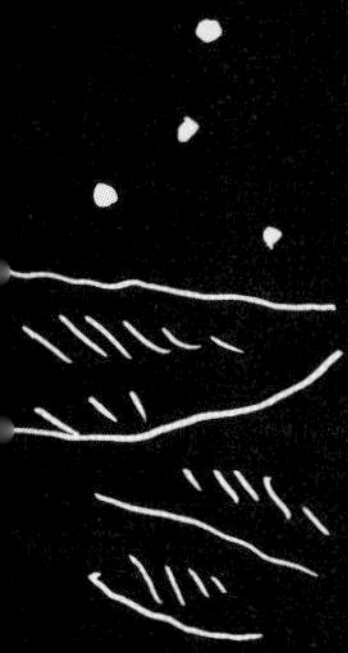

「じゃあ、気をつけて、あらしのよるに」

「さいなら、あらしのよるに」

さっきまで荒れ狂っていた嵐が嘘のように、さわやかな風がふわりと吹いた。

夜明け前の静かな闇の中を、手を振りながら左右に別れていく二つの影。

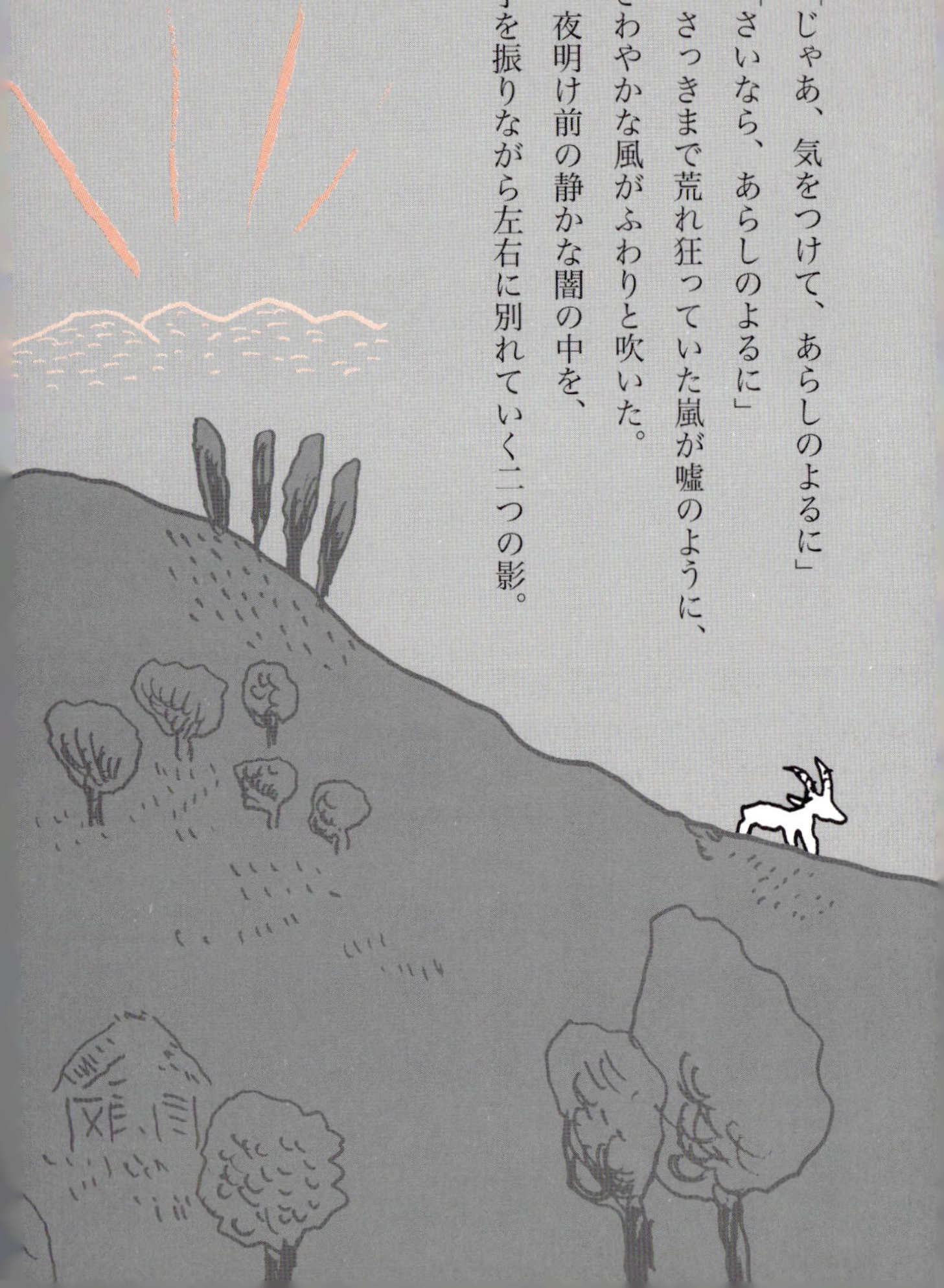

明くる日、この丘の下で、何が起こるのか。
木の葉のしずくをきらめかせ、ちょっぴりと顔を出してきた朝日にも、
そんなこと、わかるはずもない。

あるはれたひに

どこまでも続く青い空。小鳥たちは忙しそうに飛び回り、花や木の葉はキラキラと雨のしずくを光らせる。

夕べの嵐が嘘のような穏やかな午後に、丘を登る二つの影。

その影たちが楽しそうに笑い声をたてた。

「ハハハ、本当にびっくりしましたよ。あなたがオオカミだったなんてね」

「へへへ、おいらもですよう。まさか相手がヤギとは知らずに、ひと晩中話してたんすから」

どうやらこの二匹、夕べの嵐の夜に知り合ったらしい。それも真っ暗な小屋の中で。

「わたし、ずっとオオカミは恐ろしい動物だと思ってました。そのオオカミと一緒にお昼ご飯を食べる約束をしたなんて、今でも信じられませんよ」

「おいらだって、そうっすよ。お昼ご飯と一緒に
お昼ご飯を食べるようなもんすから。
あっ、こりゃ失礼」
「だいじょうぶですよ。あなたがわたしを食べるつもりなら、
さっき小屋の前で会った時に、食べていたはずでしょう？」
「そうなんすよ、おいら、こう見えても、何より友情を大切にしてるんす」
「おや、わたしもですよ。雷に弱いところといい、わたしたちって、
ほんとによく似てますね」

二匹はずんずんと丘を登った。

高くそびえ立った岩山のてっぺんで、お弁当を食べようというのだ。

「クックック……」

突然、ヤギが笑い出した。

「あれ？　何がおかしいっす？」

「ほら、さっき小屋の前の木の下で、
わたしが待っていた時のことですよ」

「ああ、約束の場所でやんすからね」

「あなたに木のうしろから『あらしのよるに』って言われて」

「そうそう、夕べは暗くて、顔がわからなかったでやんすから、
合い言葉を決めたんすよね」

「そこでわたしも『あらしのよるに』って答えて、
木の陰から顔を出した」

「お互い、目と目が合っちまって」

「その時のあなたの顔ったら、クックックッ……」

「ほーんと、おれたち、目が点になってやしたよね、グフフフフ……」

二匹は、また楽しそうに笑い声をたてた。

「あっ、ここ、気をつけてくださいよ。足を踏みはずすと、谷底に真っ逆さまですからね」

「へへ、おいらはこのくらいの崖、慣れてやすよ。ほれ、よいしょっと」

オオカミがそう言って岩の割れ目を飛び越した……その時、

「あっ、し、しまったあ」

ホオノキの葉で包んだオオカミの弁当が、するりと首から抜け落ちた。弁当はくるくると回りながら、谷底へヒュウ～ン。

「あーあ、だから言ったんですよ」

「てへへ、失敗、失敗。なあに、おいら、二、三日食わなくったってへっちゃらでやんすから」

そういって無理に笑ったオオカミだったが、ほんとはものすごく大食いなのである。

二匹はずんずんと岩山を登った。
太陽は少し西に傾き、
道はだんだんと狭くなってきた。
「ここからは一匹ずつしか通れませんから、
わたしが先に行きますね」
「へい、お先にどうぞでやんす」
元気よく返事をしたオオカミだったが、
少しお腹が空いてきた。
『やれやれ、きょう一日、
弁当なしでやんすか』

そう思ってふと見上げると、
目の前にヤギのお尻がある。
それも、岩を登るたびにふりふりと動くのだ。
やわらかそうなしっぽが、
まるでオオカミを誘うように揺れている。
『あ……、うまそう……』
オオカミは、思わずゴクリと生唾を飲んだ。
けれど、すぐにプルプルと首を振ると、
『ああ、おいら、なんてやつだ。
たとえ一瞬でも友達のことをうまそうだなんて』
そうつぶやいて自分の頭をポコポコと叩いた。
それからオオカミは、
できるだけ下を向いて登ることにした。

「やっと着きましたよ。てっぺんです」

にっこりと振りむいたヤギを、

オオカミはまぶしそうに見上げた。

「やっぱり眺めがいいですね。

ほら、フカフカ谷までよーく見えますよ」

「ほんとだ、おいら、よくあの辺に……」

餌を食べに行きますよと言いかけて、

オオカミはあわてて口をふさいだ。

餌とはヤギのことだったからである。

「さあ、さっそくお弁当にしましょう……

あっ、失礼、落としちゃったんでしたっけ」

「そうなんす……」

オオカミは、なるべくヤギを見ないようにして答えた。

「なんだったら、わたしの干し草、半分いかがです。やっぱり肉じゃなきゃだめですか……。あっ、もしかして、さっき落とした弁当って、ヤギの肉だったりして……」

「と、とんでもないっすよ。おいら、本当にヤギの肉だけは大っ嫌いなんす。そんなの、決まってるじゃないっすかあ」

そう言ったオオカミだったが、何よりもヤギの肉が大好物なのである。

「さ、おいらにかまわず食べてくださいよ。おいらはちょっと昼寝でもしやすから」

ごろっと横になったオオカミだったが、お腹が空いて、とても眠るどころではない。

「いやあ、こんな景色を見ながら食べるお弁当って最高ですね。おや、もう寝ちゃったのかな」

ヤギの言葉を背中で聞きながら、

『ちぇっ、おいらだってお弁当があるといえば、ちゃーんとうしろにあるんだい。でも、それが友達なんだよなあ、とほほほ』

オオカミはぎゅっと目をつむった。


「あー、食った、食った。もうお腹がいっぱいですよ。どれ、わたしもひとつ、昼寝でもしますか」

ヤギは大きく伸びをすると、ごろりとオオカミの隣に横になった。

「腹がふくれると、急に眠くなっちゃって……ムニャムニャ……」

そんなことを言ってるうちに、

ヤギはもう気持ちよさそうな寝息をたてている。

オオカミはむくりと起き上がると、

眠りこんでいるヤギをじーっと見つめた。

『こいつ、すごくいいやつなんすよねえ……食べてもうまいけど……

でも、一緒にいると、なんだかほっとするんすよねえ……

ま、味もいいっすけど……でも……あっ、耳がぴくっと動いた。

ちょっとだけかじってみようかな。

〝あなたは友達だから、片っぽの耳ぐらいならどうぞ〟

なーんて、言うわけないか。

でもおいら、もう、腹が減ってさ……』

オオカミは、そうっとヤギの耳に口を近づけた。

『やっぱり痛いだろうな。血だって出るだろうし、きっと、おいらを見る目が変わっちゃうだろうなあ……』

ふう〜っと、オオカミがため息をつくと、

「ウフフ、よしてくださいよ、くすぐったいじゃないですか」

ヤギが目を覚ました。

「わたし、くすぐったがりやでしてね。耳は特にだめなんですよ。あ〜あ、すっかり目が覚めちゃった。どれ、そろそろ行きますか」

伸びをして、ヤギが立ち上がる。

「え？　あ、ああ」
そう答えたオオカミの目を見て、ヤギはハッとした。
オオカミの目が光っている。
『やっぱりこいつ、このわたしのことを……』
けれどヤギは、すぐにプルプルと首を振った。
『ああ、わたしはなんてやつだ。たとえ一瞬でも友達を疑うなんて』
ヤギは自分の頭をポコポコと叩いた。

二匹が岩山を下りはじめて間もなく、空が急に暗くなりはじめた。

「雨でも降り出しそうでやんすね」

「ま、降っても夕立でしょう」

「あれ？　今、なんか光りやしたよ」

「え⁉」

「わあ!!」

「ひゃあ!!」

二匹は同時に走り出した。

大粒の雨も、バラバラと降りはじめる。

二匹は、あわてて近くの洞窟に飛び込んだ。

「わ、わたし、雷が一番嫌いで」
「お、おいらもなんすよう」

ゴロゴロゴロ〜!!

「きゃっ」
「ひえっ」
雷の音が鳴り響くと、
二匹はひしと抱き合った。
すると、オオカミの頭の中が、
ヤギのおいしいにおいでいっぱいになる。
そこで、ぐうう〜と腹が鳴る。

ゴロゴロゴロ〜!!

「ひゃあ!!」

ひしっ。

オオカミの腹がぐうう〜。

ゴロゴロゴロ〜!!

「ひゃあ!!」

ひしっ。

オオカミの腹がぐうう〜。

何度これを繰り返したことだろう。

やがて雨雲が去り、雲の切れ間から夕暮れの日差しが射しはじめる。
洞窟の中がしんと静まりかえった……と、その時だ。

ギャーーーーー

ヤギのけたたましい悲鳴が、洞窟の外まで響きわたった。

「ウウッ、ウ～!!」
とぎれとぎれに聞こえるヤギのうめき声。
そして、チャカ、チャカと、オオカミだけの足音。

やがて洞窟の出口に、オオカミが姿を現した。

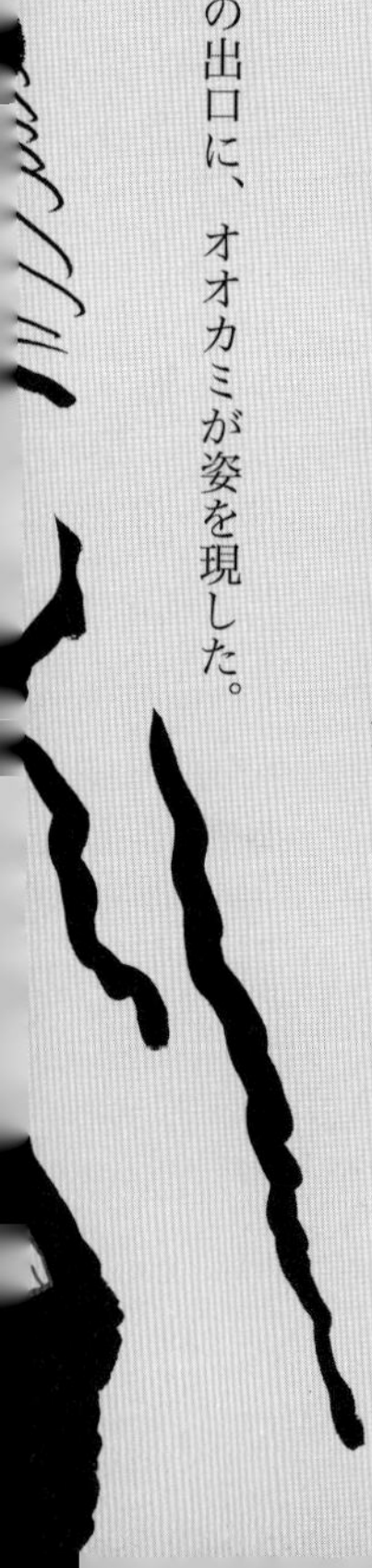

「つたく、だめじゃないすか、あんなところで、けっつまずいて」

「いやあ、こんなことまでしてもらって、申し訳ない」

オオカミに背負われながらヤギが照れくさそうに笑う。

ただでさえ険しい岩山を、オオカミはヤギの重さと空きっ腹をこらえて、一歩一歩下りていく。

「おいらがいたからいいようなものの、気をつけてくださいっすよ」

「わたし、むかしっからそそっかしくてね。ほんとにもうだいじょうぶです。ありがとう。あっ、もうすぐ分かれ道ですね」

オオカミは返事をせず、そっとヤギをおろした。
二匹がやっと岩山を下りた頃には、
もう夕日が沈みかけていた。
「じゃあ、わたしはこっちですから」
ヤギが手を振った。
オオカミは黙って見送った。
ぐうぅと腹が鳴る。
少し帰りかけたオオカミは、立ち止まってヤギを振り返る。
ぐうぅ。
腹がまた大きく鳴った。
「こんなの……やっぱり……がまんできねえ」
ヤギをじっと見つめていたオオカミが、いきなり走り出した。
簡単にヤギに追いつくと、オオカミは大きな口をがばっと開けて……。

深呼吸するとこう言った。

「ねえ、ひとつ、大事なことを忘れてたんすよ」

「えっ、なんでしたっけ？」

ヤギが振りむく。

「もう、じれってえなあ、だからあ……」

オオカミはふいに下を向いて、ポツリと小さく言った。

「こ、今度、いつ会うっす？」

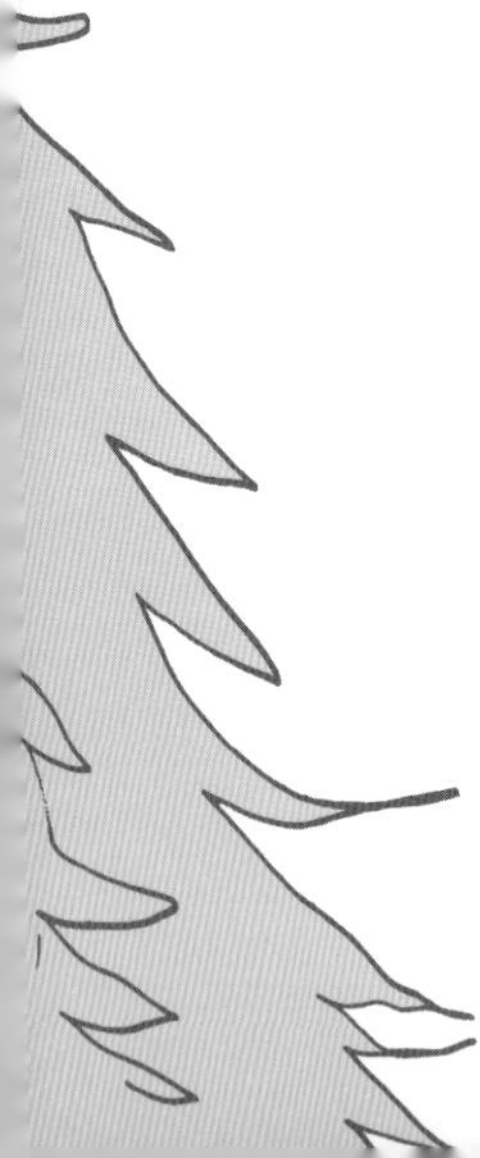

丘の上のふたつの影がひとつにつながって、どこまでも伸びていた。

くものきれまに

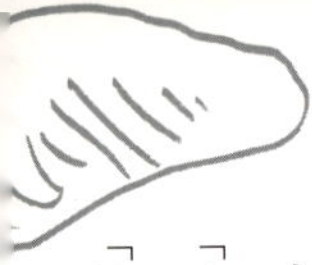

雲の切れ間から、ようやく午後の太陽が顔を出した。

ポプラ並木がいっせいに影を落とし、道ばたの緑が鮮やかに浮かび上がる。

「メイ、どこに行くんだい？」

太ったヤギが、丘を登るヤギに聞いた。

「え？　いや、あの……ソヨソヨ峠に」

「えー!?　あのあたりは、時々オオカミの出るところじゃないか」

「はい、でも、友達と約束してて」

「そうか。でも、気をつけなよ。

あそこでオオカミの昼飯にされたやつがいるんだからね」

「ハハ、だいじょうぶですよ、タプ」

太ったヤギの名前は、タプといった。

「メイの、そののんきなところが、心配なんだよ」

「はいはい、気をつけて行ってきますよ」

メイは夕プに笑ってみせると、丘を登りはじめた。
年上のタプは、小さい時から、なにかとメイをかばってくれてきた。
心配そうなタプのまなざしを背中に感じながら、メイはソヨソヨ峠に急いだ。

ソヨソヨ峠でメイと待ち合わせをしている友達とは、なんと、そのオオカミだった。

二匹は、嵐の夜に真っ暗な小屋の中で出会い、相手が誰だかわからないまま、語り合った。そして、とうとう、友達になってしまったのだ。

「やあ、どうも、お待たせしちゃって」

「いやあ、おいらもたった今、来たところでやんすよ」

オオカミがちょっぴり照れて、笑う。

「途中で友達に会っちゃいましてね。〝メイはのんき者だから心配だ〟って言われて。あ、わたしの名前、メイっていうんですよ」

「へえ、メイでやんすか。そりゃあなんとも、ヤギらしいお名前で。おいらはガブっていいやす」

「ほう、そりゃ、強そうな名前だ。でも、なんか変ですよね。今頃、お互いの名前を言い合うなんて」

「ほーんと。この間の晴れた日にも、一緒にピクニックに行ったでやんすのにね」

「ハハハ、まったくだ」

二匹は楽しそうに笑う。

「それでね、その友達が、オオカミに気をつけろって言うんですよ。
フフ、今からそのオオカミに会うなんて、とても言えませんでしたよ」

「デヘヘ、おいらもおんなじでやす。
ヤギと友達だなんて、絶対仲間に言えないでやんすよ」

「わたしたちだけの秘密ですよね」

メイが声をひそめて言うと、ガブが恥ずかしそうに笑う。

「そんな言い方すると、おいら、ドキドキしちゃいやすよ。
なんか、おしっこしたくなっちまった。
ちょっくら、失礼して」

ガブがそそくさと裏の林に入っていった。

その時だ。

タプが坂道を登って、
こっちにやってくるじゃないか。

「ど、どうしたの、タプ」

メイがあわてて駆け寄ると、

「いやあ、ひとつ大事なことを、おまえに伝えようと思ってね」

タプは、ハアハアと息をはずませる。

「実はね、オオカミに昼飯にされたってやつは、ちょうど、おまえが立っているところにいたんだ。

そこで、思ったんだが、友達を待つなら、茂みに隠れて待ってたほうがいいぞ」

「わかったよ、タプ。そのとおりにするよ。

それじゃ、ありがとう」

「くれぐれも気をつけるんだぞ」

「はーい」

タプが帰るのと、ガブが林から現れたのが、同時だった。

「お待たせでやんす」

ガブは、にこにこと笑っている。

どうやら、何も気づいていない。

メイは、ふうーっとため息をつく。

「今ね、すごくいいものを見つけたんでやんすよ」

ガブが、目を輝かせて話しはじめる。

「そこを少うし登ったところにね、岩の間から、きらきらときれいな水が湧いてたんでやんす」

「ああ、それって、この辺では
〝イグスリの泉〟って呼ばれている水ですよ。

とっても体にいいんです」

「体に？」

「そう、おいしいうえに、すごく食欲が出るんです」

「ハハハ、食欲なら、おいらはいつだって……」

ヤギの二、三頭はペロリ……と言いかけて、
ガブはあわてて口を押さえた。

その時、メイは思わず目を見張った。

ガブの肩越しに、また坂道を登ってくる
タプの姿が見えたからだ。

「ねえ、そ、その水、一緒に飲みに行きませんか？」

メイがあわててガブを誘う。

「それじゃ、『よーい、どん』で行きやすか」

「そ、そうですね。よーい、どん!!」

メイのかけ声に、ガブは一気に林の中に駆け出した。

メイもすぐにあとを追いかける。

林の手前で、ちらりと振りむいたその瞬間――。

「メイ、だめだよ、そんなとこにいちゃ」

タプと目が合ってしまったのだ。

仕方なく、メイが立ち止まる。

「茂みに隠れていろって言ったじゃないか。もし、近くに恐ろしいオオカミがいたら、どうするんだよ」

「い、いませんよ。近くにオオカミなんて」

「メイ、おれはね、おまえのそういうのんきなところが、すごーく心配なんだ」

メイは、今にもガブが、『遅いじゃねーですか』と、林から飛び出してきやしないか、はらはらする。

「いいかい、もしオオカミがこの林から飛び出してきたら、大変なことになるんだよ」

「はい、まったく、そ、そのとおりです」

「そんなことになったらと思うだけで、おれは胸が痛くなるんだ。

そうそう。実は、大事なことを言いにきたんだ。

さっき、茂みに隠れろって言ったけど、あそこのキンモクセイの木の下の茂みがいいぞ。キンモクセイは、特別においが強いだろ。だから、ヤギのにおいも隠してくれるってわけだ」

「はいはい、すぐにそうしますから、タプも、気をつけて帰ってくださいね」


メイがその茂みに入るのを見届けると、やっとタプは満足して、峠を下りはじめた。

メイがほっとため息をついて振りむいた時、

「遅いじゃねーですか」

ガブが林から戻ってきた。

「いやー、冷たくてなんとも言えない口当たりでやんしたよ。

ひとりでがぶがぶ飲んじまったでやんす。

で、どうしたんでやす？

おいら、ずーっと待ってたんすよ」

「ごめん、今、友達に会っちゃって」

「友達？　……あっ、そういえば、太ってて、すごくうまそ……

いや、気のよさそうなヤギが走ってるの、見かけやしたよ」

「そう、その太めのヤギが、わたしの……友達……」

と言いかけて、メイは息をのんだ。

タプがまた戻ってくるのが見えたからだ。

「ガブ、早くこっちに」

メイはガブの手をつかむと、茂みの中に引っ張り込んだ。

「やあ、メイ、ちゃんと茂みに入ってるね」

タプが、もう目の前に来ている。

『どうしよう』

メイが振りむくと、ガブは大きなホオノキの葉を頭からかぶり、うしろむきに座っている。

「おや、お友達もいらっしゃったようで」

タプがそう言った時、あたりが急に薄暗くなる。

厚い雲が、太陽にさしかかったのだ。

茂みの中のガブの姿も、もう、ぼんやりとしか見えない。

「おれはメイの友達で、タプっていいます」

タプも茂みの中に入ってくる。

「お、おいらもメイの友達で、キャプっていいやす」

ガブが一生懸命身を縮め、鼻をつまんで答えている。

「メイとは小さい頃からのつきあいでね。

こいつって、すごくのんき者でしょう。

一緒にいると、なんだかほっとするんですよね」

「お、おいらもおんなじでやす」

「あ、そうそう、大事なことを教えに来たんだ。

君たち、しばらくここに隠れていないと、危ないぞ。

あの林の中に、ちらりとオオカミの姿が見えたんだ」

「わかった。ありがとう、タプ」

「いや、もうこの近くに来てるのかもしれない。

どうも、さっきからオオカミのにおいがするんだ。

メイ、ちょっと様子を見てくれないか」

タプに言われて、メイは仕方なく、茂みの端に行く。

しかし、うしろの二匹が、気になってしようがない。

「やれやれ、さっきからこの峠を行ったり来たりしててね、さすがのおれも疲れちゃいましたよ。どっこいしょ」

と、伸ばしたタプの太い脚が、ガブの鼻先に置かれる。

ぐううう〜。

ガブの腹が鳴る。

その音を聞いて、メイはハッとした。

『そういえば、ガブはさっき、〝イグスリの泉〟の水を、たらふく飲んだんだっけ』

「それにしても、ひどいやつらですよねえ」

うしろむきのガブに、タプは声をかける。

「はあ？」

「オオカミですよ、オオカミ。あいつら、いつもおれたちヤギばかり狙ってさ」

「ええ、まあ、うまいんだから仕方ねえす」

ぐうう。

「え？」

「いや、う、恨むくらいしいどいっす」

ぐうう。

「でしょう。生きるためとはいえ、追いかけてくる時の恐ろしい顔といったら」

「そりゃあ、おいらも、

食いたい気持ちでいっぱいでやんすから……」

ぐうう。

「は？」

「いや、おいらも、

く、悔しい気持ちでいっぱいでやんす」

ぐうう。

「でしょう。だからメイとも、よく話してるんですよ。

あんなやつ、いないほうがいいって」

ぐううううう～。

「さっきから、ぐうぐうと変な音が聞こえるなあ」

タプが、不思議そうに茂みの外を見回した。

「そもそも、おれはあのオオカミの顔が嫌いでね。目は吊り上がってて、口が下品で、鼻は不細工で、とても、同じ動物とは思えないですよね、ハハハ」

メイがそうっと様子を見ると、ガブが、引きつった顔で、こぶしを握りしめている。

「あんなやつと仲良くしたいやつなんて、誰もいませんよね」

うしろからタプをにらみつけていたガブは、ついに立ち上がった。

そして、するどい牙をきらめかせ、恐ろしい口を大きく開けた。

『危ない』

メイは、思わずタプの体におおいかぶさった。

「お、おい。メイ、どうしたんだ、急に」

タプが驚いて声を上げる。

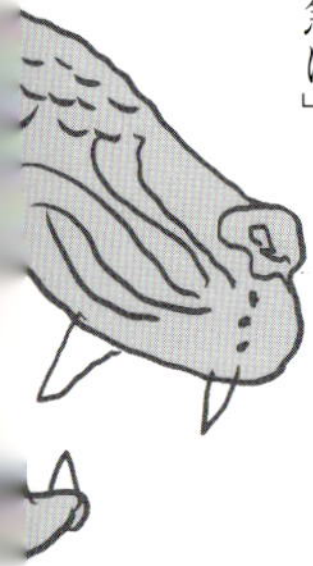

そんなメイの姿を見て、ガブは、

ウオオ〜ンとひと声吠えた。

ガブは、泣きながら林の中に飛び込んで行った。

「ひえーっ」

すぐ近くで聞こえたオオカミの声に、

タプは、一目散に逃げ出した。

タプの姿が峠から消えたのを見届けると、メイも林に飛び込んだ。

ヒマラヤスギの根元に、ガブがぽつんとたたずんでいる。

「やっと、わたしたちだけになりましたね」

メイが駆け寄ると、ガブはくるりっと背中を向けた。

「どうしたんです？」

「だって……、やっぱりあんたらから見たら、おいらって、ひどいやつなんすよね。どうせ、おいら、目が吊り上がってて、口が下品で、鼻が不細工でやんすよ」

「そ、そんなこと」

「いくらこうして会ってても、どうしようもないことなんすよね……」

「だから、わたしたち、秘密の友達なんじゃないですか」

「秘密の友達？」

「ええ」

「なんか、それって、ドキドキする言葉っすよね。じゃあ、おいらたち、また会えるんでやんすか？」

「もちろんですよ」

「おいらがオオカミでも？」

「そっちこそ、わたしのようなヤギでも？」

「もちろんすよ。だって、〝秘密の友達〟でやんすから」

「ああ、もう、日が暮れてきましたよ」

「え？　ほんとだ。もう、帰る時間でやんすね」

「さよなら、秘密の友達」

「さいならー」

雲の切れ間から顔を出した夕日が、二匹を照らし出した。

夕日の中を、何度も何度も振り返りながら帰っていくガブを、メイはいつまでも、手を振って見送った。

峠を駆け下りてきたタプが、
振りむいて、驚きの声を上げた。
「ま、まさか、あのメイが……」
タプは二匹を見て、こう思った。
『メイがこぶしを振り上げて、オオカミが逃げていく。
ハハハ、オオカミのやつ、悔しそうに何度も振り返ってら。
うーむ、メイのやつ、すごいやつだったんだ』

やがて、ガブの姿が、山陰に消えた。

『あらしのよるにⅡ』に続く

「シリーズ　あらしのよるに」を読んで

宮本亜門（演出家）

ページをめくるごとに興奮した。
それはスリリングで暖かい体験だった。
あまり気に入ったので、私は机の上にこの本を置いた。
すると、家を訪れた人が手にとり、この本を最後まで離さなかった。
たった一匹のやぎと、たった一匹のおおかみとのお話は、
多くの人々の心に届いていた。

僕はあの9月11日NYにいた。
翌日、街中を包んだ貿易センタービルの灰は、
痛く切なく僕たちに降り注いだ。

その灰は心に沁み、胸を圧迫した。
何故、人は解りあえないのか？　信じあえないのか？
しかしそれが人間のやった事実の行為だった。

そんな時、このやぎのメイとおおかみのガブに会った。
心が解けた。
美しいエンディング。これは一瞬の奇跡、本の中だけの夢？
それでもいい。何故なら今、人々に最も必要な心を教えてくれたから。

僕にとってのメイとガブは、
国であり、民族であり、宗教であり、恋愛であり、
本来この地球上に生を受けたあらゆるものの姿である。

人生において大切な愛すべきお話が、また生まれた。
世界中の人に読んでもらえたらと、心から願うばかりだ。
（この文章は第六話までを読んで二〇〇二年四月に書かれたものです）

＊本書は、「あらしのよるに」シリーズ（小社刊）を文庫版として再編集し、全7話のうち第1話から第3話を収録したものです。
各話の刊行年は以下のとおりです。

「あらしのよるに」（1994年10月）
「あるはれたひに」（1996年6月）
「くものきれまに」（1997年10月）

|著者|きむらゆういち　東京都生まれ。『あらしのよるに』で講談社出版文化賞絵本賞、産経児童出版文化賞ＪＲ賞受賞。同作品の劇作で、斎田喬戯曲賞受賞。作品に『風切る翼』、『おおかみゴンノスケの腹ペコ日記』シリーズ（以上講談社）、『もしもあのとき』（金の星社）など。エッセイに『きむら式童話の作り方』、『あらしのよるに　恋愛論』（ともに講談社）、『オオカミのあっかんべー』（ソニー・マガジンズ）などがある。

|絵|あべ弘士　北海道生まれ。『あらしのよるに』で講談社出版文化賞絵本賞、産経児童出版文化賞ＪＲ賞受賞。『ゴリラにっき』（小学館）で小学館児童出版文化賞受賞。『ハリネズミのプルプル』シリーズ（文溪堂）で赤い鳥さし絵賞受賞。『どうぶつゆうびん』（講談社）で産経児童出版文化賞ニッポン放送賞受賞。他の作品に『えほんねぶた』、『わにのスワニー』シリーズ（ともに講談社）などがある。

あらしのよるにⅠ
きむらゆういち｜あべ弘士《ひろし》　絵

講談社文庫
定価はカバーに
表示してあります

2005年12月15日第1刷発行

発行者——野間佐和子
発行所——株式会社　講談社
東京都文京区音羽2-12-21　〒112-8001
電話　出版部（03）5395-3510
　　　販売部（03）5395-5817
　　　業務部（03）5395-3615
Printed in Japan

デザイン—菊地信義
製版———株式会社精興社
印刷———株式会社精興社
製本———株式会社国宝社

落丁本・乱丁本は購入書店名を明記のうえ、小社業務部あてにお送りください。送料は小社負担にてお取替えします。なお、この本の内容についてのお問い合わせは文庫出版部あてにお願いいたします。

ISBN4-06-275266-2

講談社文庫刊行の辞

二十一世紀の到来を目睫に望みながら、われわれはいま、人類史上かつて例を見ない巨大な転換期をむかえようとしている。

世界も、日本も、激動の予兆に対する期待とおののきを内に蔵して、未知の時代に歩み入ろうとしている。このときにあたり、創業の人野間清治の「ナショナル・エデュケイター」への志を現代に甦らせようと意図して、われわれはここに古今の文芸作品はいうまでもなく、ひろく人文・社会・自然の諸科学から東西の名著を網羅する、新しい綜合文庫の発刊を決意した。

激動の転換期はまた断絶の時代である。われわれは戦後二十五年間の出版文化のありかたへの深い反省をこめて、この断絶の時代にあえて人間的な持続を求めようとする。いたずらに浮薄な商業主義のあだ花を追い求めることなく、長期にわたって良書に生命をあたえようとつとめるところにしか、今後の出版文化の真の繁栄はあり得ないと信じるからである。

同時にわれわれはこの綜合文庫の刊行を通じて、人文・社会・自然の諸科学が、結局人間の学にほかならないことを立証しようと願っている。かつて知識とは、「汝自身を知る」ことにつきていた。現代社会の瑣末な情報の氾濫のなかから、力強い知識の源泉を掘り起し、技術文明のただなかに、生きた人間の姿を復活させること。それこそわれわれの切なる希求である。

われわれは権威に盲従せず、俗流に媚びることなく、渾然一体となって日本の「草の根」をかたちづくる若く新しい世代の人々に、心をこめてこの新しい綜合文庫をおくり届けたい。それは知識の泉であるとともに感受性のふるさとであり、もっとも有機的に組織され、社会に開かれた万人のための大学をめざしている。大方の支援と協力を衷心より切望してやまない。

一九七一年七月

野間省一